Hôtel Drouot

Collection de M. F. Wanner, ex-consul suisse au Havre

Tableaux anciens et moderne

Antigonos

Hôtel Drouot

Collection de M. F. Wanner, ex-consul suisse au Havre

Tableaux anciens et moderne

Réimpression inchangée de l'édition originale de 1874.

1ère édition 2024 | ISBN: 978-3-38666-321-2

Antigonos Verlag est une marque de Outlook Verlagsgesellschaft mbH.

Verlag (Éditeur): Outlook Verlag GmbH, Zeilweg 44, 60439 Frankfurt, Deutschland
Vertretungsberechtigt (Représentant autorisé): E. Roepke, Zeilweg 44, 60439 Frankfurt, Deutschland
Druck (Imprimerie): Libri Plureos GmbH, Friedensallee 273, 22763 Hamburg, Deutschland

COLLECTION

DE

M. F. WANNER

EX-CONSUL SUISSE AU HAVRE

TABLEAUX

ANCIENS ET MODERNES

DONT LA VENTE AURA LIEU

HOTEL DROUOT, SALLE N° 3

Le Lundi 3o Mars 1874

A DEUX HEURES

COMMISSAIRE-PRISEUR	EXPERT
Mᵉ BOUSSATON	M. DURAND-RUEL
39, rue de la Victoire.	16, rue Laffitte.

EXPOSITION PUBLIQUE

LE DIMANCHE 29 MARS 1874, DE 1 HEURE A 5 HEURES

CONDITIONS DE LA VENTE

Elle sera faite au comptant.

Les acquéreurs payeront cinq centimes par franc en sus des enchères, applicables aux frais.

DÉSIGNATION

BEUKELAER (Joachim)

1. — Le Marché.

BEUKELAER (Joachim)

2. — La Cuisine.

BOUCHER

3. — Le Concert d'Amours.

BESSON (Faustin)

4. — Jocelyn.

BODMER (Karl)

5. — Fantaisies végétales.

Panneau décoratif.

H. 1m,56. L. 0m,47.

BODMER (Karl)

6. — Ronces communes, Liserons, Églantiers, Oi-
seaux, etc., formant un massif sauvage.

Panneau décoratif.

H. 1m,56. L. 0m,47.

BODMER (Karl)

7. — Joncs mêlés à d'autres plantes agrestes se déta-
chant sur un fond clair et vaporeux; Martins-
pêcheurs, Papillons, etc.

Panneau décoratif.

H. 1m,56. L. 0m,47.

BODMER (Karl)

8. Graminées en fleur, Digitales, Chardons, Reines-
des-prés, etc., composant une touffe élégante;
Bourdons, Frelons, etc.

Panneau décoratif.

H. 1m,56. L. 0m,47.

BERNIER (Camille)

9. — Cour de ferme; effet d'automne.

BOUDIN.

10. — Fruits et Fleurs.

BOUDIN

11. — La Côte de Grâce à Honfleur.

BOUDIN

12. — Un Brick sous voiles.

BOUDIN

13. — Barques de pêcheurs sous voiles.

BOUDIN

14. — Pâturages près Honfleur.

BOUDIN

15. — Ferme normande ; Poules.

BOUDIN

16.   Ferme normande avec poules et porcs.

BOUDIN

17. — Moutons dans la plaine de l'Eure (Havre).

BOUDIN

18. — Marée basse ; débarquement de pêcheurs.

BOUDIN

19. — Une Chaumière à Sainte-Adresse.

CHARLET

20. — Le Savetier de section.

COUDER

21. — Mirabeau à Versailles.

Aquarelle.

COUDER

22. — Mirabeau à l'Assemblée.

Aquarelle.

COLLIGNON

23. — Port en Hollande.

COURBET

24. — Environs d'Ornans ; paysage.

DAVID

25. — Portrait de Pierre Malhes, député du Cantal en 1793.

DECAMPS

26. — Le Bûcheron.

DECAISNE

27. — Cromwell et sa Fille.

DECAISNE

28. — Henriette d'Angleterre.

DROUIN

29. — Vue du Havre, prise de Sainte-Adresse.

DROUIN

30. — Taureau furieux; paysage, environs de Sainte-Adresse.

DESCHWANDEN

31. — Tête d'ange.

DELACROIX (Eug.)

32. — Étude pour un tableau, descente de Croix.

Grisaille à l'huile.

DELACROIX (Eug.)

33. — Paysage.

DELACROIX (Eug.)

34. — Jeune Marocain.

> Aquarelle.

DELACROIX (Eug.)

35. — Intérieur d'un parc.

> Aquarelle.

DELACROIX (Eug.)

36. — Plusieurs études sur une même toile.

DELACROIX (Eug.)

37. — Ovide chez les Scythes.

> Dessin; étude pour le plafond de la Chambre des députés.

DELACROIX (Eug.)

38. — Attila.

> Dessin; étude pour le plafond de la Chambre des députés.

DELACROIX (Eug.)

39. — Éducation d'Achille.

Dessin ; étude pour le plafond de la Chambre des députés.

DELACROIX (Eug.)

40. — L'Italie foulée par Attila.

Dessin ; étude pour le plafond de la Chambre des députés.

DELACROIX (Eug.)

41. — Six dessins au crayon.

Vente Delacroix.

GÉRICAULT

42. — Portrait de Chateaubriand.

GUILLEMIN

43. — Joueur de violon.

HOSTEIN

44. — Vue de la côte des Tamaris rade de Toulon.

HOSTEIN

45. — Vue de Menton.

HOSTEIN

46. — Bois de Kerbihan à Hennebon (Bretagne).

HÉREAU (JULES)

47. Berger avec deux Chiens dans la plaine de Chailly.

KRUSEMAN

48. — Lisière de bois.

KRUSEMAN

49. — Après la moisson ; paysage hollandais.

LE POITTEVIN (E.)

50. — Cabanes de pêcheurs au bord de la mer.

LE POITTEVIN (E.)

51. — La Laitière et le Pot au lait.

LEROUX (CHARLES)

52. — Site de Bretagne.

MILLET (J.-F.)

53. — Idylle.

MILLET (J.-F.)

54. — La Veillée trop prolongée.

MILLET (J.-F.)

55. — Portrait d'homme.

MONGINOT

56. — Éplucheuse de légumes.

MONGINOT

57. — Tête de jeune homme.

MOREAU (Théodore)

58. — Scène du moyen âge.

NAVLET

59. — Les Enfants d'Édouard.

NAVLET.

60. — Entrée de Henri IV à Paris.

PHILIPPOFF

61. — Chariot attelé de bœufs ; souvenir d'Italie.

PIERRE

62. — Le Marché aux poissons.

ROUSSEAU (Th.)

63. — Paysage; souvenir de Poitou.

ROUSSEAU (Th.)

64. — Montagnes et Plaines marécageuses.

SPONDE

65. — Bacchus et Ariane.

WALDORP

66. — Vue de Dordrecht.

WUST

67. — Environs de Montpellier; paysage avec animaux.

KARL MULLER (*D'après* WOUWERMAN)

68. — Le Rendez-vous de chasse.

KARL MULLER (*D'après* WOUWERMAN)

69. — Chasseurs faisant boire leurs chevaux.

MAYER (*D'après* NETSCHER)

70. — La Toilette.

MAYER (*D'après* METZU)

71. — Metzu et sa Femme.

SCHMITT (*D'après* METZU)

72. — La Coiffure.

JACQUE (Charles)

73. — La Bergerie.

Eau-forte très-rare.

74. — Deux grands Vases, Chine.

75. Une Lunette astronomique avec son pied.

PARIS. — J. CLAYE, IMPRIMEUR 7, RUE SAINT-BENOIT. — [526]